Funded by a grant from ConocoPhillips

Parece que es la hora del cuento...
—¡Andando, en fila, todos junto a la cajonera!

Tito y su Teo se sientan en sus puestos
y se preguntan cuál será.

Teo quiere

una
historia

de piratas.

Tito quiere
aventuras

en el mar.

—Hoy —anuncia la señorita Espera—, será muy especial.
Habrá una bebida y una sorpresa genial.
Vamos a leer
La osada hazaña del pequeño Oso.

Tito y su Teo cierran los ojos.

La señorita Espera lee...
el salón se llena de agua.

Y un delfín atraviesa
la puerta con suavidad.

Invita a Tito y a Teo
a dar un paseo,

y así todos se van
a explorar con curiosidad.

Tito y Teo viajan hacia la Isla del Saqueo,
donde los piratas hacen cosas indebidas.

Cuando... ¡GLUP!, de repente, un tiburón los come de plato fuerte.

¡Para luego zamparse de postre un arcón!

Qué suerte que Tito
encuentra una linterna,
pues así puede ver
sin el menor problema.

Y entonces... ¡qué emoción!
¡Tito ve joyas por montón!
¡Pero cuidado!
¡Hay una cadena y un anzuelo!

El anzuelo atrapa el
tesoro
del arcón lleno de oro.

—¡Jo, jo! —gritan los
piratas—.
¡Hemos tenido suerte!

Dedico esta fantasía
a Freddy Bee y Teddy Tee.
(Y en caso de que no te gusten los arcanos,
esos son Frederick Bowden y Edward
Traynor) - I.W.

Para la escuela Porthleven - R.A

Whybrow, Ian
      Tito, Teo y los piratas / Ian Whybrow ; traductora Olga
Martín ; ilustrador Rusell Ayto. -- Bogotá : Grupo Editorial
Norma, 2009.
      32 p. : il. ; 24 cm. -- (Buenas noches)
      Título original : Tim, Ted and the Pirates.
      ISBN 978-958-45-2355-6
      1. Cuentos infantiles ingleses 2. Animales - Cuentos
Infantiles 3. Piratas - Cuentos infantiles 4. Libros ilustrados para
niños I. Martín, Olga, tr. II. Ayto, Rusell, il. III. Tít. IV. Serie.
I823.91 cd 21 ed.
A1235095

      CEP-Banco de la República-Biblioteca Luis Ángel Arango

Título original en inglés:
Tim, Ted and the Pirates
de Ian Whybrow y Russell Ayto
Publicado originalmente en la Gran Bretaña por HarperCollins Children's Books, 2006
Copyright de los textos © Ian Whybrow, 2006
Copyright de las ilustraciones © Russell Ayto, 2006

Copyright © Editorial Norma en español para América Latina y el mercado de habla
hispana de Estados Unidos.
Av. El Dorado # 90 – 10, Bogotá, Colombia

ISBN 978-958-45-2355-6

Primera edición, febrero de 2010

Impreso por Editora Géminis Ltda.
Impreso en Colombia

www.librerianorma.com

Traducción: Olga Martín M.
Diagramación y armada: María Clara Salazar

TITO, TEO Y LOS PIRATAS

IAN WHYBROW

ILUSTRADO POR
RUSSELL AYTO

GRUPO
EDITORIAL
norma

Barcelona, Bogotá, Buenos Aires, Caracas, Guatemala, Lima, México, Miami, Panamá,
Quito, San José, San Juan, San Salvador, Santiago de Chile.

Esta es la escuela a la que va Tito.
Esta es su maestra, la señorita Espera.

Teo lanza un rugido:
—¡Rápido, Tito, toma
mi pata!
Y todos los demás
¡agárrense fuerte!

El capitán exclama:
—¡Ahora, mis valientes!
¡Pronto volveremos
a tener
el oro en nuestro poder!

Y al ver lo que sale del
tesoro,
todos gritan en coro:
—¿Qué es eso?
¡Es un monstruo!
¡Ay, socorro!

—¡Manos arriba!
—ordena Teo—.
¡Y entréguense!

—¡Es un oso!
—grita el Oficial—.
¡Alabado sea el
grandioso!

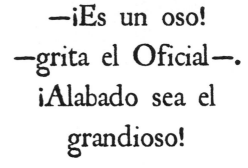

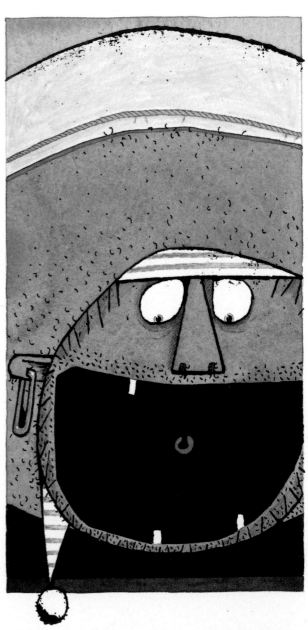

—¡Izaremos velas y los llevaremos al calabozo! —grita Tito—. ¡Así que: están arrestados!

—¡Nunca nos rendiremos! —chillan los piratas.

Y los sables rechinan y restallan.

Entonces, por el tablón, capitán pirata y tripulación,
caminan para terminar con un sonoro

—¡Cuidado, Tito! ¡Has derramado tu bebida!
—exclama la señorita Espera—. ¡Te traeré un pañuelo!
¡Mira, aquí hay más! ¡Se ha desparramado
por todo el suelo!
¡Ay, Dios, qué reguero!

—¿Cómo te ha ido? —pregunta Mamá, de vuelta en casa.
Tito responde: —Pues no hemos hecho gran cosa.
Solo leer y escribir y contar y pelear,
¡y capturar piratas y demás!